TOUT

POUR NOUS !

LE

RESTE

aux autres !

LES PANTINS RADICAUX

PRIX

10 Centimes

CHEZ

TOUS LES LIBRAIRES

1883

AVIS AUX LECTEURS

•••

Inutile de dire que les PANTINS RADICAUX ne comportent aucune critique de principes, tout principe étant respectable ; ils ne sont qu'une étude imparfaite de certaines personnalités, brouillonnes, intéressées ou voraces, sachant prendre tous les masques et faisant trafic des choses les plus nobles et des plus nobles sentiments.

TOUT

POUR NOUS

LE

RESTE

aux autres !

—

PRIX

10 Centimes

CHEZ

TOUS LES LIBRAIRES

—

1883

LES PANTINS RADICAUX

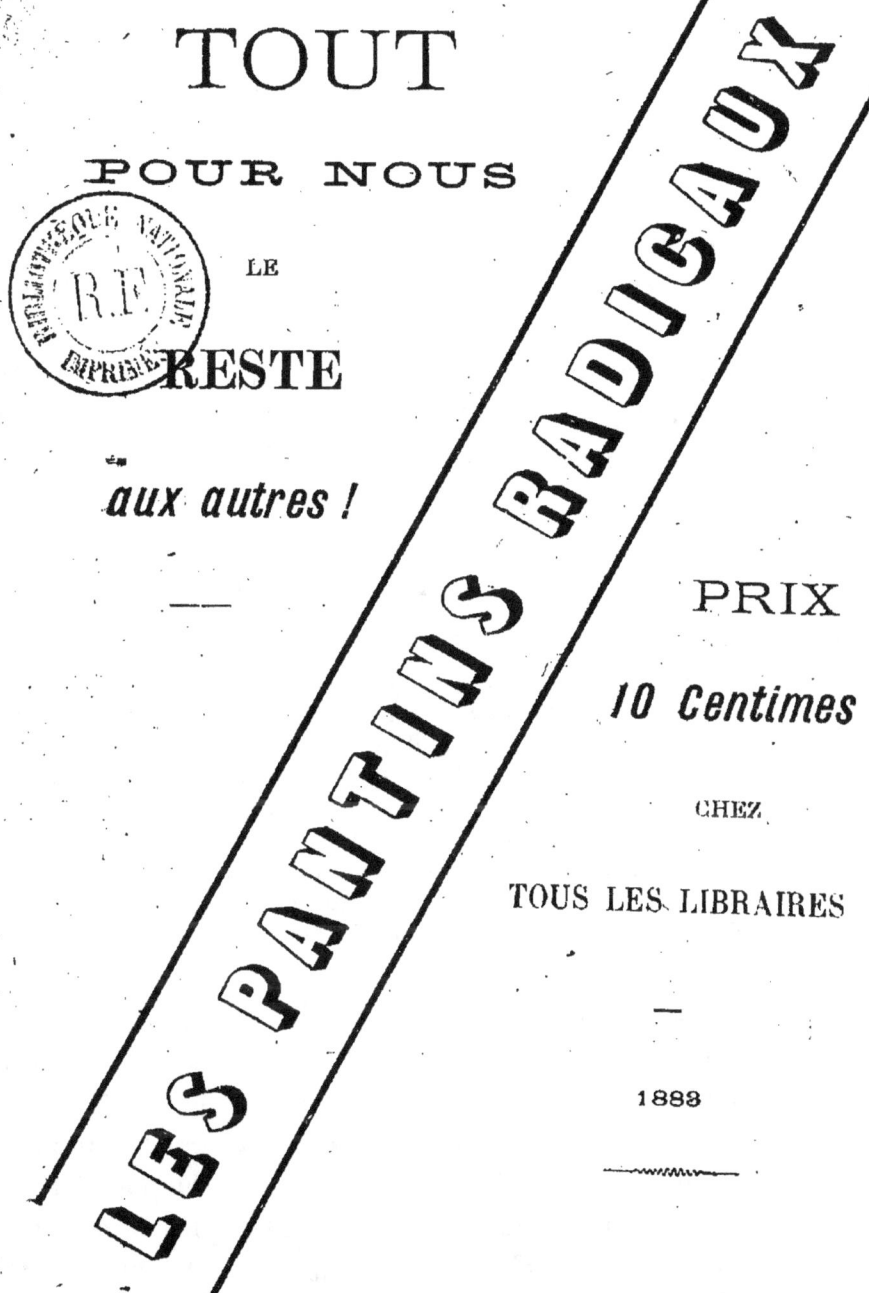

BANQUES ET BANQUISTES

La Réunion générale annuelle des Actionnaires de la Société Coopérative Malblanchi, Tripotar et Cⁱᵉ a eu lieu hier.

La séance a été des plus orageuses et, comme on le verra, par le compte-rendu sténographique que nous donnons ci-dessous, on est fondé à croire que cette société, fondation du ténébreux Malblanchi, a vécu.

MALBLANCHI

Grave et majestueux, s'avance vers le fauteuil présidentiel avec la dignité d'un âne qui porte des reliques, et la grâce d'un jeune d'ours dressé sur ses pattes de derrière. Son crâne, où bouillonnent tant de vastes projets et de magnifiques travaux, s'allonge en forme de concombre jauni, garni à l'arrière de quelques touffes poivre et sel dont l'aspect inculte dénote les luttes gigantesques que se livrent entre eux les lobes d'un tel cerveau.

Après avoir retiré de sa poche une petite fiole dont le contenu ressemble assez à de l'eau vaseuse, en avoir avalé une gorgée en guise de cordial, une main dans la poche de son gilet, il s'exprime comme suit :

Mes petits amis, depuis dix ans je fais le pantin, je gambade, je me livre à tous les sauts périlleux imaginables, je caresse, je flatte et je ris ou j'insinue, je menace et j'écume, tout cela pour obtenir une goutte d'eau potable et je n'ai encore pu étancher la soif qui m'obsède ; il me semble que vous secondez fort mal mes efforts, vous manquez d'énergie. (*Protestations générales*).

LION DES BOIS

Tout jeune encore, montrant quelques restes d'élégance invétérée dont il n'a pu se débarrasser, malgré les reproches de Lacharette et de Daigretas. Une mine réjouie qu'il cherche parfois à rendre terrible, un air de noceur qui va mal avec ses allures d'apôtre du bouleversement. N'inspire à ses copains de passage qu'une confiance ultra limitée à cause de sa fâcheuse obstination à se laver les mains et à changer de linge.

S'est vu abandonner nécessairement par toute la société pour laquelle il était fait, mais ne peut, malgré tout, se résoudre à celle qui cherche à le faire descendre jusqu'à elle ; la lâchera un jour ou l'autre, fatigué qu'il sera de placarder son nom et son intelligence au-dessus d'une boutique qui débite d'aussi nauséabonde marchandise.

(Avec animation s'adressant au Président). Barnum, non je me trompe, Malblanchi. Fiche-toi de mes collègues si tu veux, mais pas de moi. Comment? j'ai sacrifié mes derniers cinq sous pour te venir en aide, j'ai abandonné mes chères études, j'ai délaissé Bacchus et Vénus, je n'ai conservé qu'un pâle souvenir de Momus et qu'elle a été, jusqu'ici, ma récompense pour tant de sacrifices? Deux bouts de missions dont l'une m'a valu un profond mépris pour le violon, mon instrument de prédilection. Président, je m'en doutais bien un peu, mais aujourd'hui, je le proclame : tu fus, tu es, et tu resteras toujours une huître ! *(Malblanchi se lève pour répondre, mais il retombe affaissé sur son siège).*

LONGANT

Un plat de fraises au vin en guise de figure ; sous des paupières flasques, deux gros yeux à fleur de tête, respirant à tour de rôle l'envie et la platitude, la haine et l'hypocrisie, le cynisme et la poltronnerie.

Démarche cauteleuse, dos voûté, mains gluantes. Signe particulier : exhale une odeur d'amer très prononcée.

(*Prenant un air bonnasse*). Tais-toi, Lion des Bois....., tu vois bien que tu fais de la peine à Malblanchi sans qui nous ne serions rien.

LION DES BOIS

Toi, Longant, cache ta vénérable trogne, ton nez culoté et ferme ta boîte. Quand, comme toi, on a palpé quarante mille d'à-compte, en moins de dix-huit mois, on est mal venu de donner des conseils aux copains qui n'ont pas encore vu un radis.

TRIPOTAR

L'œil terne, la mine louche et la démarche équivoque ; l'aspect d'un nègre matiné, participe de l'argousin, de l'entrepreneur de remplacements militaires et de l'hercule forain.

(*Se donnant un air important et prenant une attitude qui veut dire : Je vais les mettre à la raison.*) Est-ce que par hasard votre plumet de tantôt serait devenu un panache que vous vous engueulez ainsi?

LION DES BOIS

(*S'animant.*) Tu vas faire aussi ton malin toi! le riche en trucs qui se fait des ronds, en faisant passer de la cendre pour du sable, du bois blanc pour du rouge et fait prendre au cuivre l'aspect de l'or!

DAIGRETAS

N'a pas si soigneusement boutonné sa jacquette qu'on ne voit un petit bout de son tablier ; mine quelconque, face simiesque qui semble avoir été arrachée au tuyau d'une pipe ou à la pomme d'une canne.

(*D'une voix de ventriloque, qui semble sortir d'un souterrain*) Voyons, Lion des Bois, tu..... tu..... veux donc.... nous. ...

LION DES BOIS

(*Brusquement.*) Toi, vas cirer les bottes de la Gonzesse au président, faire tes chambres et t'assurer que Thomas est rincé, chacun son affaire.

LA COMÈTE

.(*Qui vient de craquer sa dixième allumette pour allumer sa pipe dans laquelle le tabac fait entièrement défaut, ce qu'il ne voit plus, se lève, fait, en titubant, deux pas en avant, deux pas en arrière, il essaye de parler mais il retombe lourdement sur sa chaise et ronfle.*)

MARQUETROP

Rappelle assez exactement un agent des mœurs en bourgeois ; a résolu le problème d'atteindre la vieillesse sans inspirer le respect, d'exciter le dégoût sans faire naître la pitié.

Les poches sont bourrées d'échantillons d'un tas de marchandises de basses qualités qu'il s'efforce de placer à droite et à gauche. N'aurait inspiré que le mépris à l'association même, que sa bêtise ne saurait aider en rien, mais a conquis l'estime de Malblanchi par sa facilité à dénoncer, salir et calomnier.

(*Avec dédain.*) Ivrogne, vas! ça est propriétaire et ça se gorge de schnik comme un simple matelassier.

LION DES BOIS

(*En riant.*) qui ne regarde ni à la qualité ni au poids.

MARQUETROP

(*Prenant un air attristé.*) Lion des Bois, si c'est pour moi que tu dis celà, ce n'est pas bien, tu sais que j'ai besoin de vivre, que j'ai perdu le goût du travail et contracté celui de la paresse, depuis et même bien avant que je ne sois entré dans l'association ; par conséquent, n'ayant pas une vaste intelligence, je dois avoir recours aux petits moyens pour gagner ma subsistance. Tu ne dois donc pas me mortifier. Ah ! si j'étais propriétaire comme cet imbécile de La Comète qui est venu bêtement se fourrer dans notre société, je te comprendrais.

LION DES BOIS

(*Vivement.*) Misérable imprudent ! ignores-tu donc que d'après un contrat récent, il est des termes dont nous ne devons nous servir que pour les conspuer, et que si parmi nous se trouvait un propriétaire, un vrai, tout le monde doit l'ignorer. Je dis un vrai, parce que ce bon La Comète est un faux propriétaire et que s'il s'est fourvoyé dans la société Malblanchi, Tripotar et Cie, c'est que, comme eux, comme nous, il est complètement ressuyé, et que, comme eux et comme nous, il éprouve le désir de se refaire. Seulement, j'ai bien peur que, comme eux et comme nous, il ne crie longtemps : Anne, ma sœur Anne, ne vois-tu rien venir.

LAGLAISIÈRE

Ne pardonne point à l'humanité de le laisser aller à pieds, lorsque des Pasteur, des Charcot, des Trélat, des J.-B. Dumas, des Virchorw et autres pleutres vont en voiture. Néanmoins, on s'explique avec peine son entrée dans l'association, et on suppose qu'il la lâcherait avec bonheur s'il n'était soumis à une influence supérieure qui paralyse sa volonté.

(*D'un ton doctoral.*) Ces conversations particulières, alors que nous sommes réunis en assemblée générale, sont déplacées ; elles ont, en outre, le triste avantage de provoquer sur l'esprit de chaque sociétaire une surexitation nerveuse, dont les effets sur l'organisme sont ceux de l'alcoolisme et qui peut nous entraîner dans des complications sans nombre, vu l'action directe qu'elles exercent sur l'imagination, tant soit peu ankilosée, de notre cher président Malblanchi.

LION DES BOIS

(*Partant d'un grand éclat de rire.*) Ah! ah! ah! ce bon Laglaisière, ah! ah! ah! qui prend Malblanchi au sérieux, ah! ah! ah! qui se prend au sérieux. Ih! ih! ih! qui **nous** prend tous au sérieux, ah! ah! ah!

LAGLAISIÈRE

(*Légèrement courroucé.*) Lion des Bois, vous riez de tout. A mon avis vous devriez vous souvenir que vous êtes désigné pour le Grand Conseil, au lieu et place du trop désintéressé Malblanchi qui compte obtenir la canalisation du désert du Sahara, dont Longant aura la sous-direction, La Comète, la comptabilité, Tripotar, les fournitures à la réception desquelles sera commis Marquetrop, et que Craquenoix et La Perche s'attelant à La Charette, tout ira bien.

CHICAGOMAN

Faux comme un jeton ou une médaille de..... Lourdes. Chicagoman réserve à chacun une poignée de main et un coup de langue ; bête au fond comme un discours de Craquenoix; ses prétentions au bel esprit font la joie de ses associés qui le rembarrent sans aucun égard et ne lui ménagent ni les vérités ni les rebuffades.

Aspect général d'un marchand ambulant qui aurait au-dessus de sa porte une carotte pour enseigne.

(*Interrompant avec vivacité*). Oh! là! Hé! Comme vous y allez, vous Laglaisière, et moi donc, qu'est-ce qui me reste?

LION DES BOIS

(A Laglaisière qui veut répondre). Taisez-vous. *(S'adressant à Chicagoman).* Tu vois bien qu'il n'a pas encore été question de couches.

CHICAGOMAN

Je sais bien que je ne suis pas aussi malin que toi, mais ce n'est pas une raison pour me jardiner. *(Croyant avoir fait un bon mot, se met à rire).*

LION DES BOIS

Mais ce n'est pas cela, grosse bête, crois-tu donc que j'ai perdu le souvenir de tes exploits et me juges-tu capable d'avoir oublié que tu es le seul parmi nous qui aura laissé des traces ineffaçables de son immense génie aux frontispices de nos monuments?

CHICAGOMAN

Alors, qu'as-tu voulu dire .... je ne comprends plus.

LION DES BOIS

J'ai voulu te dire que si Malblanchi réussit, — ce dont je doute fort, — ce sera toi qui seras chargé des doubles, triples et quadruples couches dout on reçoit le prix, mais que l'on ne donne pas. Saisis-tu imbécile ?

CHICAGOMAN

Très-bien, maintenant je comprends.
Toi, Lion des Bois, toi, tu es un *zigue :* Mais,

entre nous là, ne crois-tu pas que Malblanchi est beaucoup moins *mariole*, que nous ne l'avions jugé et qu'il soit bien plus en *dèche* qu'il ne veut le paraître. Tu sais..... moi, ça m'embête et j'ai bien envie de le lâcher.

LION DES BOIS

(*Un sourire de mépris sur les lèvres.*) Eh bien! Chicagoman, je n'ai pas beaucoup plus d'estime pour toi que je n'en ressens pour Malblanchi. Mais là, vrai, bien vrai, tout idiot que tu paraisses, je te crois moins crétin que lui, et si l'on t'avait confié, à toi, la direction de notre stupide entreprise, nous aurions peut-être réussi quand même ; en tous cas, nous ne serions pas dans la panade où ce faux Barnum nous a fourrés tous, à l'exception de Tripotar et Longant, chez qui toute pudeur a disparu.

MALBLANCHI

(*Paraissant étranger à tout ce qui vient de se dire autour de lui, relève lentement la tête et fait signe qu'il veut parler.*)

LION DES BOIS

(*Avec dédain.*) Allons, vas-y, on t'écoute.

MALBLANCHI

(*Avec emphase.*) Citoyens !

LION DES BOIS

Oh ! mais non ! Tu ne vas pas nous la faire, hein ? Avec nous, tu sais, ça ne prend plus.

MALBLANCHI

(*Déconcerté.*) Mais, mon ami.....

LION DES BOIS

(*Avec amertume.*) Moi, ton ami! Elle est bien bonne, celle-là! Ah! ah! ah! Avant que le guignon ne t'ai placé sur ma route, j'en avais des amis. (*Avec un soupir.*) Et ils étaient mieux, beaucoup mieux choisis.

MALBLANCHI

(*Découragé.*) Mais alors, pourquoi avez-vous voulu être des nôtres!

LION DES BOIS

(*Vivement et le regard chargé d'éclairs.*) Moi, des vôtres! Jamais! Que je me sois laissé monter le coup par toi et ton copain Tripotar, c'est possible, voilà tout.

TRIPOTAR

(*Avec accablement.*) Comment?..... Moi aussi! Tu me considères comme ennemi, moi que j'ai voyagé avec toi et que.....

MALBLANCHI

(*Faisant un violent effort pour paraître calme.*) Voyons, voyons, nous n'allons pas nous quereller. Je suis habitué aux sacrifices et s'il en faut un nouveau je suis encore prêt. Pour vous donner, du reste, une plus grande confiance en moi, je ne crois pas inutile, bien que ma modestie en souffre, de vous retracer quelques épisodes de mon existence passée.

Sachez donc qu'avant l'immense honneur qui vous fut donné d'apprécier les brillantes, et peu communes, qualités que je mets, avec tant de désintéressement, au service de l'association, j'ai pu vivre dans le commerce intime de l'un des serviteurs de Ratapoil, à l'intérêt particulier duquel j'étais entièrement dévoué. (*Longant fait un geste affirmatif que Malblanchi prend pour un signe de doute*). Longant, je ne vous permets pas de mettre en doute ce que j'avance. D'ailleurs, si la société pouvait supposer un instant que je me vante, elle pourrait se renseigner près des gens de ce temps là, qui lui affirmeraient que cet honnête césarien était non seulement mon protecteur, mais qu'il m'honorait d'une amitié assez grande pour que chez mois il fut admis fréquemment à rompre le pain et le sel, et que si je l'ai laché plus tard, c'est que ses services m'étaient devenus inutiles.

De là, je me jetai dans les bras d'un homme que je n'avais pu supplanter, bien que j'eusse mis en œuvre tous mes moyens habituels : l'insinuation calomnieuse, le dénigrement, l'insulte et l'ironie grossière qui est le signe distinctif de mon caractère et de mon talent. Les sympathies qu'il inspirait étant plus grandes que je ne l'avais d'abord deviné, et sa puissance s'en étant considérablement accrue, je n'hésitai pas, je me fis son esclave, et en apparence, le plat valet de ses amis dont je me vengeai, après sa mort, en mettant tout en œuvre pour les amoindrir, les ridiculiser et en bavant sur eux toutes les insanités que me suggéra une imagination mal équilibrée.

Alors j'étais opportuniste enragé, je croyais que mon avenir désormais en dépendait, et si je me suis fait timidement radical, ce ne fut qu'après que le chef de ce parti, le fou ! eut commis la maladresse insigne de me refuser une haute direction que l'on m'avait promise, alors que l'on ne me supposait pas complètement dépourvu des capacités exigées par l'emploi. (*Il grince des dents*).

De radical, je me suis fait collectiviste, le seul parti qu'il me reste à tromper. Pourquoi ? Ce n'est pas pour moi, vous le savez, c'est uniquement pour vous plaire ! Maintenant, si vous pensez que je doive vider le calice jusqu'à la lie, dites ce que je dois faire.

LION DES BOIS

(*Souriant d'un air qui veut dire qu'il est convaincu du dévouement dont Malblanchi vient de faire étalage et s'adressant à l'Assemblée*). Désirez-vous qu'après avoir affirmé la liberté de conscience, demandé la suppression du budget des cultes, suivant le bon exemple donné par Marquetrop, il aille pieusement s'agenouiller à l'église et recevoir la communion en compagnie de Mme la Présidente ! (*Lion des Bois riant et regardant Marquetrop qui ne sait où se fourrer pour cacher sa rougeur*). Voulez-vous que l'on profite de sa présence dans cette assemblée pour prier un prêtre de passer chez lui ? que dorénavant tous les enterrements dans sa famille soient religieux et qu'il ne se cache plus ? Enfin, qu'il se fasse anarchiste, nihiliste, possibiliste, internationaliste, évêque ? Tout lui est possible, parlez.

MALBLANCHI

(*Se figurant qu'on vient de lui adresser un compliment*). Lion des Bois, quand on s'est voué, comme moi à l'étude des grands problèmes sociaux, on.....

LION DES BOIS

(*Partant d'un immense éclat de rire*). Oh là là, je te vas tuer ! Écoute Malblanchi, je ne sais si ton fromage est déformé : vrai ! je ne te reconnais plus ou je ne t'ai jamais connu. Voyons là, sérieusement, est-ce que tu te goberais au point de t'affirmer, sans rire, comme un sauveur de l'humanité ? Je conviens que j'en ai vu de plus fort que toi et de moins mal entouré qui avait cette tocade, mais ce sont là de ces anomalies fort rares, heureusement pour les gens tranquilles.

MALBLANCHI

(*Perdant patience.*) Lion des Bois, tu blagues sans cesse, de sorte que jamais on ne sait où t'attendre ; c'est là un jeu compromettant pour notre entreprise et surtout dangereux pour toi, je te prie d'y prendre garde !

LION DES BOIS

(*Avec ironie.*) Quoi ! des menaces et en face ! voilà un excès de courage qui renverserait bien des gens dont tu te déclares, ici seulement, l'ennemi. Eh bien ! puisque tu veux le prendre sur ce ton avec moi, prête-moi l'oreille un instant, et tu seras guéri d'une maladie qui ferait perdre à plus d'un aliéniste le peu de latin qu'il possède.

Mon petit Malblanchi, je me suis laissé prendre à ton outrecuidance, comme tant d'autres, d'ailleurs, s'y sont laissés prendre avant moi. Ta suffisance m'avait laissé croire, d'accord avec quelques racontars, que tu étais un homme, mais un de ces hommes supérieurs, universel, dont la nature se montre peu prodigue, ton copain Tripotar, passé maître ès-fourberie, me l'avait affirmé et j'ai donné dedans comme un nigaud. Maintenant, le voile épais qui me faisait considérer tes sottises comme des traits de génie étant tombé, je te proclame non plus une huître, mais une moule et je le prouve par comparaisons.

Je ne m'arrêterai pas à ta qualité d'ingénieur, titre d'ailleurs usurpé, ce serait me faire la partie trop belle. Si je te considère comme architecte, le père Longant va se pâmer d'aise, car lui, du moins, n'oublie que les soupiraux de cave, alors que toi tu négliges de mettre des cheminées dans les appartements ; en minéralogie, Tripotar, qui ferait tenir tout l'édifice social sur des colonnes soudées, te laisse loin derrière lui ; en histoire, si tu obtiens parfois quelques succès, c'est que, imitant le brave La Comète, tu viens de repasser la page dont tu entretiens ton auditoire ; en géographie, ce cher Chicagoman, à l'air si simple mais qui a beaucoup voyagé, peut t'en remontrer ; en arithmétique, Marquetrop peut te donner des leçons ; comme politique, tu n'auras jamais la sagesse de La Charette qui sait ne jamais rien dire pour ne pas se contredire, et bien que, pendant des années, tu te sois exercé à faire la roue, La Perche, qui saurait en garnir tous les véhicules de l'endroit, te dammera toujours le pion. Deux voies, bien étroites, il est vrai, te restent ouvertes, je veux bien te les indiquer : l'une, nettoyer les vases de .... ce que tu voudras : Daigretas peut te l'apprendre ; l'autre, tu en as déjà quelques notions, fais-toi entrepreneur des pompes funèbres, le progrès aidant et la science de Laglaisière, tu pourras peut-être y trouver les moyens d'existence qui commencent à te faire défaut, et la protection de Craquenoix te sera d'un grand secours. Pour me venger de tout le mal que tu m'as fait, c'est ce que je te souhaite !

MALBLANCHI

(*Écumant.*) Tu es un traître !

DAIGRETAS

(*N'ayant rien compris.*) C'est un..... traître.

TRIPOTAR

(*A part.*) Je vais pouvoir travailler seul. Enfin !

LONGANT

(*A part.*) Flambée, ma direction ! Pauvrez va bien rire.

MARQUETROP

(*A part.*) En voilà du propre ! Méprisé, honni et plus rien !

LA COMÈTE

(*Qui n'avait cessé de ronfler, se réveille en sursaut.*) Hein ! garçon, un amer.

LA CHARETTE

(*Ne comprenant rien à ce qui se passe.*) Moi, j'exige l'exécution du contrat.

CRAQUENOIX ET LAPERCHE

(*L'air ahuri.*) Qu'est-ce qu'ils ont donc ? Qu'est-ce qu'ils veulent ?

LAGLAISIÈRE

(*Retiré dans un coin.*) ouvre une petite bible et récite les Jérémiades.

CHICAGOMAN

(*D'un ton naïf.*) Pourquoi ne pas s'entendre? Est-ce que chacun ne doit pas gagner sa vie?

LION DES BOIS

(*Vivement.*) Chicago, la vérité sort toujours de la bouche de l'innocence et tu viens de donner le vrai mot de la situation. Tous vous avez de petites industries à faire valoir, et vous étiez tous satisfaits d'avoir trouvé un gogo comme moi, absolument dépourvu de profession et devant consacrer son temps à défendre vos petits trucs. Eh bien! cela ne sera plus, Gogo je fus, mais je ne veux plus l'être, et je proclame bien haut que si la Grèce, six siècles avant notre ère, a donné le jour à sept sages, dix-neuf siècles après, notre pays aura vu surgir douze *Grecs !* En conséquence, ne voulant m'associer à tant d'honneur, je demande la dissolution de la Société Malblanchi, Tripotar et Cⁱᵉ.

Grand tumulte dans la salle dont le propriétaire n'obtient l'évacuation qu'en renversant l'unique lampe à pétrole que l'on s'était procurée pour la circonstance.

ÉPILOGUE

La dislocation brusque et imprévue de la Société Malblanchi, Tripotar et Cᵉ a porté un coup si terrible à l'infor-
tuné Malblanchi, qui a vu en un instant s'écrouler tout
l'échafaudage de sa grandeur à venir, qu'il en a perdu le
peu de raison dont la nature avare avait été si parcimo-
nieuse à son égard. Aujourd'hui, il est fou, non pas à lier,
mais lié, car, par précaution, on ne lui a laissé de libres que
les mains.

Au moment -où il nous a été donné de l'entrevoir, il
semblait épuisé ; la tête penchée sur sa poitrine, la face
bilieuse devenue blême et décomposée, indiquaient qu'il
venait de subir l'une des deux crises qui s'emparent alter-
nativement de lui.

· Ces crises, de nature bien différentes, dont l'une
rappelle le supplice de Tantale dans ce qu'il a de plus
saisissant, nous ont été décrites comme suit :

D'abord, le siége sur lequel il est assis et, ainsi que
nous l'avons dit, solidement attaché, lui apparaît comme
un rocher autour duquel une nappe d'eau s'étend à perte
de vue ; aussitôt un sourire se joue sur ses lèvres ver-
dâtres, son regard s'allume, ses yeux, de ternes et vitreux,
deviennent brillants et, la poitrine haletante, il étend
fièvreusement les mains pour s'emparer du liquide imagi-
naire, objet de son éternelle convoitise, le pivot et la cause
de toutes ses pasquinades ; mais, sentant son impuissance,
un cri rauque, assez semblable au rugissement d'un fauve,
lui part de la gorge, et il tombe dans un marasme d'où il
ne sort que pour entrer dans la seconde crise. Celle-ci, en
apparence plus calme, est non moins étrange que l'autre.

S'emparant d'une feuille de papier et d'un crayon que, par
ordre du médecin, on tient toujours à sa portée sur une
table placée à côté de lui, il se met à griffonner, griffonner
toutes les insanités qu'exhale son cerveau malade et qui
se traduisent le plus souvent par des injures grossières,
des calomnies enfiélées ou des insanités à engendrer la
fièvre typhoïde, contre quiconque n'a pu se décider à voir
en lui autre chose qu'un grotesque intrigant.

On affirme que cette fureur d'écrire est due à la
réminiscence d'une idée dont cet ex-futur grand homme
était possédé avant le détraquement complet de sa
cervelle qui fut toujours incomplète. Cela paraît même
certain, car on sait à n'en pas douter qu'après avoir
épuisé tous les moyens malhonnêtes dont il disposait,
il avait, en dernier lieu, déclaré à ses copains qu'il
ne lui restait qu'une seule et dernière ressource,
fonder une feuille assez immonde qui permit d'étaler
le cynisme terrifiant qui caractérisait la bande en
général et chacun des associés en particulier. On
ajoute encore, que pour se conformer à l'avis du
médecin aliéniste qui aurait déclaré nécessaire de
laisser le malade dans son illusion, et même de la
fortifier, les élucubrations de Malblanchi seraient livrées
toutes les semaines à l'impression, augmentées de
quelques blagues au gros sel de Lion des Bois qui
serait toujours à la recherche d'une position sociale.

ANNONCES

OFFRES ET DEMANDES D'EMPLOI

AVIS DIVERS

ANCIENNE MAISON ÉMILIO DELAVALLÉE, DELAMARQUE & Cⁱᵉ

MALBLANCHI, Successeur

CA { lomnies à prix réduits, à l'heure, au mois et à l'année.
nalisation, Fouilles particulières, Mines et Contre-Mines.

OUVERTURES D'ÉGOUTS La maison prend l'engagement d'y traîner ses adversaires.

DISTRIBUTION D'EAU Avec engagement d'y noyer ceux qui refusent d'y nager.

TRAVAUX SOUTERRAINS La maison s'engage d'y ensevelir tous ceux qui s'obstinent à lui demander la lumière.

Pour plus amples renseignements, concernant toute entreprise inavouable et dont la nomenclature nous exposerait aux règlements qui concernent la salubrité publique, s'adresser aux representants des Compagnies d'assainissement, de vidange et de guano plus ou moins comprimé.

LA MAISON LONGANT & C*ie*

Se charge de tous les travaux destinés à rapporter à leurs auteurs (supposés), un minimum de 43,000 francs et ce, non-seulement aux meilleures conditions privées, mais aux meilleures conditions publiques.

A LA PIERRE PHILOSOPHALE RETOURNÉE !

Transformation du cuivre en or !

MÉDAILLONS, CROIX, AMULETTES, OBJETS DE PIÉTÉ, ETC.

Fourniture à des prix au-dessous du cours, mais encore plus en dessous de la valeur.

Comment en un plomb vil l'or pur s'est-il changé ? s'écriait le poëte : pour connaître la solution de ce vaste problème qui a eu l'honneur de faire creuser la cervelle de l'immortel auteur d'Athalie, s'adresser à

LA MAISON TRIPOTAR & C*ie*

Conférences Géographico-Industrielles

C'est une bonne fortune pour notre ville de posséder dans ses murs l'illustre Chicagoman, dont la renommée a atteint un degré tel qu'il dépasse le portail de l'église Métropole ; M. Chicagoman s'apprête à donner un certain nombre de conférences, dans lesquelles il démontrera à ses auditeurs la supériorité de l'igneuse sur tous les ingrédients employés jusqu'à ce jour en matière de peinture.

Rien des nouvelles couches!

M. CHICAGOMAN ayant horreur des superpositions.

Maison **MARQUETROP**, *Réputation universelle*

LITERIES, LITS & LAINAGE

Légèreté (*surtout*) et Solidité.

DÉCOUVERTE RÉCENTE

LES DOMINOS APPLIQUÉS AU MANUEL DES AFFAIRES PUBLIQUES!

Le professeur La Comète donne chaque soir, au Café Rhadamante, ses merveilleuses séances d'application.

Prix du cachet : **1 schnick**. *Abonnement mensuel :* **2 sch**

PAP. X. DORION

www.ingramcontent.com/pod-product-compliance
Lightning Source LLC
Chambersburg PA
CBHW061732180626
46818CB00006B/2581